古典とあそぼう

おなかもよじれる おもしろばなし

福井栄一・文
河野あさ子・絵

子どもの未来社

もくじ

第《だい》1話《わ》　天《てん》王《のう》山《ざん》の二《に》ひきのカエル　6

第《だい》2話《わ》　鹿《しか》の音《ね》をきくはずが……　14

第《だい》3話《わ》　びっくりしたサザエ　22

第《だい》4話《わ》　鏡《かがみ》をめぐっておおさわぎ　30

第《だい》5話《わ》　ぬけない手《て》　38

第《だい》6話《わ》　産《う》むなら、いまのうち　46

第《だい》7話《わ》　その半分《はんぶん》　54

第《だい》8話《わ》　地獄《じごく》をさわがせた三人組《さんにんぐみ》　62

第《だい》9話《わ》　サケを洗《あら》うと……　70

第《だい》10話《わ》　とんだお化粧《けしょう》　78

第《だい》11話《わ》　いり豆《まめ》を箸《はし》ではさむ名人《めいじん》　86

お父《とう》さんお母《かあ》さんの、
そのまたお父《とう》さんお母《かあ》さんの、
そのまたお父《とう》さんお母《かあ》さんの……
ずっとずっとむかしの人《ひと》たちが、
おなかをかかえて笑《わら》ったかずかずの物語《ものがたり》は、
いまを生《い》きるわたしたちが読《よ》んでも
やはりたのしいものです。
さあ、どこからでも
気《き》のむいたお話《はなし》から読《よ》んでみてください。

自分《じぶん》の生《う》まれそだった町《まち》で、一生《いっしょう》くらす。
それを、「すてきだな」という人《ひと》も、
「ぜったいイヤ」という人《ひと》もいるでしょう。
お話《はなし》にでてくるカエルくんたちは、いままで一度《いちど》も
いったことのない町《まち》に、強《つよ》いあこがれがあったようです。

登場人物《とうじょうじんぶつ》

京《きょう》のカエル

大坂《おおさか》のカエル

用語解説《ようごかいせつ》

京《きょう》　「京《きょう》の都《みやこ》」といえば、京都《きょうと》のこと。

大坂《おおさか》　大阪《おおさか》と書《か》く以前《いぜん》は、この字《じ》をつかっていた。

天王山《てんのうざん》の二《に》ひきのカエル

（『鳩翁道話《きゅうおうどうわ》』より）

むかしむかし。

京《きょう》にすむカエルが、大坂見物《おおさかけんぶつ》をしようとふと思《おも》いたち、大坂《おおさか》への道《みち》をすすみはじめました。ただ、なにしろからだが重《おも》いので、なかなか前《まえ》へすすみません。

すこしはっては休《やす》み、また、すこしはっては休《やす》み……。

「ああ、大坂《おおさか》につくのは、いったい、いつになることやら」

そんな、ため息《いき》をつきながらの旅《たび》でした。

ちょうどおなじころ、大坂《おおさか》にすむカエルが京見物《きょうけんぶつ》を思《おも》いたち、京《きょう》へむかって、ピョコンピョコンとはねはじめました。

水《みず》の中《なか》ならすいすいと、器用《きよう》に泳《およ》ぎまわるカエルも、地上《ちじょう》にあがると、動《うご》きがにぶいのです。がんばってはねても、道《みち》ははかどりません。

「ああ、京《きょう》につくのは、いったい、いつになることやら」

それでも、「千里《せんり》の道《みち》も一歩《いっぽ》から」ということわざもあります。二《に》ひきのカエルは、それぞれあきらめずに、がんばりつづけたのです。


そして、ある日《ひ》。二《に》ひきは、京《きょう》と大坂《おおさか》のさかいにある天王山《てんのうざん》（いまの大阪府《おおさかふ》と京都府《きょうとふ》の境《さかい》にある山《やま》）の頂上《ちょうじょう》にさしかかりました。

道《みち》は一本道《いっぽんみち》でしたので、二《に》ひきは、ばったりであいました。

「いやぁ、こんにちは。どこへおでかけですか？」

「わたしは京《きょう》からきたのですが、大坂見物《おおさかけんぶつ》へいくとちゅうなんです」

「おやおや、そうですか。わたしは大坂《おおさか》からきて、いまから京《きょう》へむかうのです」

「ということは、おたがい、まだ道《みち》のりの半分《はんぶん》しかきていないのですね」

「やれやれ、さきは、まだまだ長《なが》いですね」

と、なぐさめあううちに、二《に》ひきは、はたと思《おも》いあたりました。

この天王山《てんのうざん》は、京《きょう》と大坂《おおさか》のさかいにそびえているのだから、この峠《とうげ》からは、京《きょう》と大坂《おおさか》の、両方《りょうほう》の町《まち》が見《み》わたせるはずだ。

だとすると、このまま苦《くる》しい旅《たび》をつづけて、京《きょう》や大坂《おおさか》へいかなくても、ここから見物《けんぶつ》すればよいわけだ……。

「こりゃ、ありがたい！」

「さあ、さっそく見物《けんぶつ》しよう！」

というわけで、二《に》ひきは、たがいの前《まえ》あしでささえあい、つまさきだちになって、遠《とお》くを見《み》わたしました。

京《きょう》からきたカエルは、いいました。

「あれれ？　あこがれていた大坂《おおさか》の町《まち》だが、こうしてよく見《み》れば、わたしのふるさとの京《きょう》と、ちっともかわらない。これなら、わざわざたずねていくこともあるまい。旅《たび》はもうここまでにして、京《きょう》へ帰《かえ》るとしよう」

いっぽう、大坂《おおさか》からきたカエルはいいました。

「あなたのいうとおりだ。ここからこうして見《み》れば、京《きょう》の町《まち》は、大坂《おおさか》とすこしもちがわない。ああ、京見物《きょうけんぶつ》なんかもうやめた。大坂《おおさか》へ帰《かえ》ろう」

こうつぶやきながら二《に》ひきのカエルは、もときた道《みち》を、それぞれの町《まち》へむけて、帰《かえ》っていきました。

ところが、このとき、二《に》ひきのカエルは、気《き》づいていなかったのです。

峠《とうげ》で、つまさきだちして見《み》ていたのが、自分《じぶん》のすんでいる町《まち》だったということを。

カエルの目玉《めだま》は、背中側《せなかがわ》についているので、うしろあしでたちあがった京《きょう》のカエルの目《め》には「京《きょう》」が、大坂《おおさか》のカエルの目《め》には「大坂《おおさか》」が、見《み》えていたのでした。

人間《にんげん》とは弱《よわ》い生《い》きものなので、つらいことや、
思《おも》いどおりにならないことがあると、
「ぐち」をいってしまうものです。
ここに登場《とうじょう》するオジサンたちも、そうです。
最初《さいしょ》は、なんとかがまんしていたのですが、つい……。

登場人物《とうじょうじんぶつ》

男《おとこ》たち

鹿《しか》

用語解説《ようごかいせつ》

鹿《しか》の音《ね》　「音《ね》」は、音《おと》のこと。「笛《ふえ》の音《ね》」「虫《むし》の音《ね》」などをきいて、風流《ふうりゅう》をたのしむ。

鹿《しか》の音《ね》をきくはずが……

（『鳩翁道話《きゅうおうどうわ》』より）

ある秋《あき》の夜《よる》のこと。なかのよい男《おとこ》たち五《ご》、六人《ろくにん》が、知《し》りあいの和尚《おしょう》をたずねて山寺《やまでら》へいき、酒《さけ》をくみかわしました。

男《おとこ》たちは、この山寺《やまでら》で耳《みみ》にできるという「鹿《しか》の音《ね》」をまちわびながら、和歌《わか》をよんだり、詩《し》をつくったりして、時間《じかん》をつぶしました。

しかし、どういうわけか、その夜《よる》にかぎって、鹿《しか》がちっともなかないのです。

そのうち夜《よ》もふけて、みんなねむくなり、話《はなし》もとぎれとぎれになってきました。

すると、その中《なか》のひとりが、ぼそりぼそりと語《かた》りはじめました。

「こうしてたのしい席《せき》へよんでいただいておりますのに、わたしは、酒《さけ》を飲《の》んでも飲《の》んでも、酔《よ》うことができません。

今年《ことし》で二十二歳《にじゅうにさい》になるひとり息子《むすこ》のことが、気《き》がかりでならないからです。

息子《むすこ》には、うちの商売《しょうばい》を手伝《てつだ》わせているのですが、わたしが店《みせ》で目《め》を光《ひか》らせているあいだだけ、いっしょうけんめいにはたらいているふりをするのです。そして、わたしがちょっとでも目《め》をはなしますと、すぐに、よからぬ場所《ばしょ》へ遊《あそ》びにでかけて、ムダ金《がね》をつかうのです。

こんなこまった息子《むすこ》に、将来《しょうらい》、だいじな家《いえ》の商売《しょうばい》をついでもらわないといけないのかと思《おも》うと、心《こころ》ぼそくて……」

するとべつの男《おとこ》がいいます。

「なんのそれしき。ムダ金《がね》をつかうといったって、ご自分《じぶん》の息子《むすこ》さんなんだから、まだましですよ。わたしなどは、長年《ながねん》めんどうをみてきた店《みせ》の番頭《ばんとう》に、このあいだ金《かね》をもちにげされ、頭《あたま》をかかえています」

これをきいた、またべつの男《おとこ》がこぼします。

「しんせきたちから、『金《かね》を貸《か》せ』とか、『こづかいをよこせ』とかいって、せめられるわたしも、けっこうたいへんなのです」

さらには、

「お金《かね》にまつわる心配《しんぱい》ごとなど、たかがしれています。

うちには、わたしの母《はは》と女房《にょうぼう》と、ふたりの子《こ》どもがいるのですが、どうしたわけか母《はは》と女房《にょうぼう》の仲《なか》が悪《わる》く、毎日毎日《まいにちまいにち》、顔《かお》をあわせると、けんかばかりしているのです。

女房《にょうぼう》にやさしくすれば、母《はは》がふくれてしまいます。かといって、『おまえのほうが悪《わる》いんだ』と、女房《にょうぼう》をしかりますと、『どうせあたしなんかより、お母《かあ》さんのほうがだいじなのね』と、なげきさわぎます。ふたりのあいだにはさまれた、わたしのつらさといったら……」

こんな泣《な》き言《ごと》をいう人《ひと》まででてきて、部屋《へや》の中《なか》は、つらい身《み》の上話《うえばなし》のせいで、暗《くら》いふんいきにつつまれました。

そこで、これではいけないと思《おも》ったある男《おとこ》が、みんなの気持《きも》ちをきりかえようと、むりやりに「鹿《しか》の音《ね》」へ話《はなし》をもどしました。

「ここへきてから、ずいぶん時間《じかん》がたちましたから、いいかげんに鹿《しか》がないてもよいころなのに、ぜんぜんダメですね。

それとも、わたしたちが、ほかの話《はなし》にむちゅうになりすぎて、鳴《な》き声《ごえ》をききのがしてしまったのでしょうか……」

男《おとこ》はこういいながら、縁側《えんがわ》の障子《しょうじ》をあけはなちました。

すると、庭《にわ》さきに、一頭《いっとう》の大《おお》きな鹿《しか》が、ぬっとたっているではありませんか。

おどろき、あきれた男《おとこ》が、鹿《しか》にたずねました。

「これはどうしたことだ。おまえさんの鳴《な》き声《ごえ》を、わたしたちみんなは、ずっとまっていたというのに、おまえさんはちっともなかず、そんなところで、いったいなにをしているのかね？」

すると、鹿《しか》がこたえました。

「はい。おまえさんたち人間《にんげん》がなくのを、きいていました」

「井《い》（井戸《いど》のこと）の中《なか》の蛙《かわず》（カエル）、大海《たいかい》を知《し》らず」

そんな、ことわざがあります。

自分《じぶん》だけのせまい世界《せかい》にとじこもって、広《ひろ》い世界《せかい》を知《し》らないことです。

でも、広《ひろ》い海《うみ》にすむサザエにも、知《し》らないことが！

登場人物《とうじょうじんぶつ》

サザエ

タイ

サンマ

用語解説《ようごかいせつ》

油断《ゆだん》　注意《ちゅうい》をおこたること。

びっくりしたサザエ

（『鳩翁道話《きゅうおうどうわ》』より）

波《なみ》のしずかな、晴《は》れた日《ひ》の午後《ごご》のこと。

海《うみ》の底《そこ》では、サザエとなかまの魚《さかな》たちが、ワイワイとおしゃべりをしています。

タイが、サザエにむかっていいました。

「サザエくん、きみはいいよな」

「なんだよ、きゅうに」

「だってさ、きみには、りっぱな貝《かい》がらがあるじゃないか。それだけぶあつい貝《かい》がらなら、たとえば、カニの大《おお》きなはさみではさまれても、びくともしないだろう？」

サザエは、ほんとうのところは、「そうさ。ぼくの貝《かい》がらは、へっぽこガニのはさみなんか、へっちゃらさ」と、自《じ》慢《まん》したかったのですが、それをそのまま口《くち》にして、みんなにきらわれたくなかったのです。

そこで、わざとこまったような顔《かお》をしてこたえました。

「そんなことないさ。この貝《かい》がらは、みかけほどじょうぶじゃないんだよ。力《ちから》の強《つよ》いカニのはさみにやられたら、おしまいだよ」

すると、こんどはサンマが、サザエに話《はな》しかけました。

「タイくんとおなじで、ぼくだって、きみがうらやましいよ。貝《かい》がらがあるうえに、かたいフタまでもってるんだから……。いざというときには、そのフタをぴしゃりとしめれば安心《あんしん》だものね。ぼくらは、からだがやわらかくて、けがをしやすい。そのうえに、身《み》をまもる、かたいカラもフタも、もっちゃいないんだぜ」

これをきいたサザエは、あやうく、「そうだね。貝《かい》がらもフタもないなんて、きみたち気《き》の毒《どく》だよね」と、いいそうになりました。

しかし、そのことばがもとで、みんなとけんかになってはいけないので、かろうじて、

「そうかもしれないけど、貝《かい》がらやフタは重《おも》いから、四六時中《しろくじちゅう》、もち歩《ある》くのは、それはそれでたいへんなんだ。身軽《みがる》で自由《じゆう》に泳《およ》ぎまわれるきみたちのほうこそ、ぼくからみれば、うらやましいよ」

と、うまく返事《へんじ》をしておきました。

と、そのときです。

あたりで、ザブリっと、あやしい音《おと》。

サザエは、あわててフタをしめ、貝《かい》がらの中《なか》へ身《み》をかくしました。

「ああ、びっくりした！　いったいなんだ、あの音《おと》は？　おそろしいサメが、おそってきたのかな？　これだから海《うみ》の中《なか》というのは、いつだって油断《ゆだん》がならないんだ。

タイやサンマくんたちは、いまのさわぎにまきこまれて、ひどいめにあっているのかもしれない。かわいそうになあ。

まあ、さいわい、ぼくは、こうしてなんとかたすかったけれど……。

これも、やっぱり、がんじょうな貝《かい》がらとフタのおかげだな」

サザエは、それからしばらく、貝《かい》がらの中《なか》でじっと身《み》をすくめていました。

しかし、あのなぞの音《おと》がきこえたきりで、その後《ご》はなにもかわったことはおきません。

やがて、「もうそろそろよいだろう」と、サザエは考《かんが》えました。

そこでサザエは、おそるおそるフタをあけて、そっとあたりを見《み》まわしますと……。

いつもの海《うみ》の底《そこ》とは、ずいぶんようすがちがいます。
それもそのはず。
サザエは魚屋《さかなや》の店先《みせさき》に
ならべられ、値《ね》ふだをつけて
売《う》られていたのでした。

あなたの家《いえ》には、鏡《かがみ》がいくつありますか？

むかしむかし、鏡《かがみ》は、めったに目《め》にできない

貴重《きちょう》なものでした。

生《う》まれてから一度《いちど》も鏡《かがみ》を見《み》たことがない、

そんな人《ひと》たちのお話《はなし》です。

登場人物　とうじょうじんぶつ

男《おとこ》

男《おとこ》の女房《にょうぼう》

尼《あま》さん

用語解説　ようごかいせつ

長持《ながも》ち　衣装《いしょう》などをいれておく箱《はこ》。

鏡《かがみ》をめぐっておおさわぎ

（『続鳩翁道話《ぞくきゅうおうどうわ》』より）

むかし、ある男《おとこ》が、都《みやこ》へのぼったときのこと。

さすがに大《おお》きな都《みやこ》だけあって、おどろくほどたくさんのお店《みせ》が、ひろい通《とお》りぞいに、ずらりとならんでいました。

男《おとこ》は目《め》をまるくしながら、そこで売《う》られている、めずらしい品々《しなじな》を見《み》てまわりました。

そのうち男《おとこ》は、ある店《みせ》の店先《みせさき》で、ふしぎな品物《しなもの》を見《み》つけました。

なにやら光《ひか》っていて、ふるさとでは、
見《み》たことのない物《もの》です。
この、ふしぎな物《もの》に、おそるおそる
顔《かお》を近《ちか》づけた男《おとこ》は、とつぜん、
とんでもない大声《おおごえ》をあげました。
「やれ、おやじさま、
おなつかしや。まさか、
こんなところでおめに
かかろうとは！」
男《おとこ》は、その品物《しなもの》を、
ぎゅっとだきしめました。

それは、その男《おとこ》の国《くに》ではまだ知《し》られていなかった、鏡《かがみ》でした。

店《みせ》の主人《しゅじん》がおどろいて、男《おとこ》に注意《ちゅうい》しました。

「これ、なにをする！」

「いや、どうもこうもない。これは、二年前《にねんまえ》に亡《な》くなった、わたしのおやじさまです」

「なにをおっしゃる、お客《きゃく》さん。これは、うちのだいじな売《う》り物《もの》ですよ」

店《みせ》の主人《しゅじん》は、あきれ顔《がお》です。

しかし、男《おとこ》は、

「なに、売《う》り物《もの》とな……？　ええい！　それなら、わたしが、ほれ、このとおり買《か》いましょう」

男《おとこ》は、けっして安《やす》くはない代金《だいきん》をはらい、鏡《かがみ》を買《か》って家《いえ》へ帰《かえ》りました。

ところが、都《みやこ》で鏡《かがみ》を買《か》ったことが女房《にょうぼう》にばれたら、「そんなむだづかいをして！」と、もんくをいわれるでしょう。

そこで男《おとこ》は、家《いえ》に帰《かえ》ると、鏡《かがみ》を二階《にかい》の部屋《へや》の長持《ながも》ちの中《なか》へ、こっそりかくしました。そして、おやじと話《はなし》がしたくなると、こっそり鏡《かがみ》をのぞきこんで、ひそひそ話《ばなし》をしたのです。

これをあやしんだ女房《にょうぼう》は、亭主《ていしゅ》の目《め》をぬすんで、二階《にかい》の長持《ながも》ちの中《なか》を調《しら》べました。すると、なにやら光《ひか》る物《もの》がでてきました。

手《て》にとってのぞいてみますと、中《なか》には、三十五《さんじゅうご》、六《ろく》の女《おんな》がいて、こちらのほうを、じっとにらんでいるではありませんか。

女房《にょうぼう》は、てっきり亭主《ていしゅ》の浮気《うわき》のあいての女《おんな》だと思《おも》いこみ、いそいで下《した》へおりると、亭主《ていしゅ》の胸《むな》ぐらをつかんで、はでなけんかをはじめました。

亭主《ていしゅ》はいいます。

「女《おんな》だと？　なにをばかな……。あれは、わしのおやじどのじゃ」

ところが、女房《にょうぼう》は、おこるばかりです。

「あたしゃ、だまされないよ。どこの世《よ》の中《なか》に、あんなかっこうをした男《おとこ》がいるもんかね。あれは、どこからどう見《み》たって女《おんな》じゃないか」

そうこうするうち、となりにすむ尼《あま》さんが、さわぎをききつけてやってきました。ふたりは、けんかのわけを、尼《あま》さんに説明《せつめい》しました。

「それなら、二階《にかい》にいる人《ひと》が男《おとこ》か女《おんな》か、わたしがたしかめてきてあげましょう」

尼《あま》さんは二階《にかい》へ上《あ》がり、鏡《かがみ》をのぞきこむと、びっくりして大声《おおごえ》をあげました。

「あれあれ、気《き》の毒《どく》なこと！　おまえさんたちが、あんまりひどいけんかをなさるものだから、この人《ひと》は、自分《じぶん》のせいだとなやむあまり、髪《かみ》をそって、わたしとおなじような、尼《あま》さんになられたようですわ！」

肉《にく》をくわえた犬《いぬ》が、小川《おがわ》にかかった橋《はし》から下《した》を見《み》ると、

自分《じぶん》とおなじように、肉《にく》をくわえた犬《いぬ》がいます。

犬《いぬ》は、その犬《いぬ》の肉《にく》がほしくなり、「ワン！」

肉《にく》を川《かわ》に落《お》としてしまった、有名《ゆうめい》なイソップ寓話《ぐうわ》です。

でも、この犬《いぬ》のことを笑《わら》えない人間《にんげん》もいるようです。

登場人物《とうじょうじんぶつ》

家《いえ》の主人《しゅじん》

近所《きんじょ》の人《ひと》たち

年寄《としよ》り

用語解説《ようごかいせつ》

下戸《げこ》　酒《さけ》が飲《の》めない人《ひと》。反対《はんたい》は上戸《じょうご》。

金平糖《こんぺいとう》　とげとげのある、小《こ》粒《つぶ》の砂糖菓子《さとうがし》。

キセル　きざみたばこを吸《す》うための道具《どうぐ》。

ぬけない手《て》

（『続鳩翁道話《ぞくきゅうおうどうわ》』より）

ある町《まち》の金持《かねも》ちの家《いえ》に、かわいい孫《まご》が生《う》まれました。家《いえ》の人《ひと》はおおよろこびで、お祝《いわ》いに、近所《きんじょ》の人《ひと》たちをよんで、酒《さけ》や料《りょう》理《り》をふるまいました。

まねかれた人《ひと》たちは、びっくり。目《め》の前《まえ》には、いままで食《た》べたことも、見《み》たこともない、めずらしい料理《りょうり》がならべられていたのです。おいしいそうな香《かお》りがただよい、おもわず、よだれがでそうです。

もちろん、お酒《さけ》もたっぷりありました。

しかも、これらをぜんぶ、ただで飲《の》み食《く》いできるのです。

家《いえ》の主人《しゅじん》にすすめられ、みんなは、酒《さけ》やごちそうにとびつきました。

「さあさあ、えんりょはいりませんよ。どうぞ、おすきなだけ、飲《の》んで食《た》べて、うちの孫《まご》のことを祝《いわ》ってやってください」

酒好《さけず》きのトラさんは、酒《さけ》をがぶ飲《の》み。たちまち酔《よ》っぱらって、赤《あか》い顔《かお》で歌《うた》をうたいはじめ、クマさんは、じょうきげんで、へんなおどりをおどりだしました。

いっぽう、女《おんな》たちのお目当《めあ》ては、どちらかというと、酒《さけ》より食《た》べものです。

おヨシさんは、肉《にく》や野菜《やさい》を口《くち》いっぱいにつめこんで、目《め》を白黒《しろくろ》。

おサキさんは、山《やま》づみされた料理《りょうり》の前《まえ》でうっとりしています。

さて、このように、みんなは、このうえもないしあわせにひたってい

たのですが、ただひとりだけ、うかない顔《かお》をした年寄《としよ》りがいました。

この年寄《としよ》りは、病気《びょうき》がちで、ほかの人《ひと》のように、がつがつと料理《りょうり》をた

いらげることができないうえに、お酒《さけ》が飲《の》めない下戸《げこ》だったのです。

それで、自分《じぶん》だけが、なかまはずれになったような気分《きぶん》だったのです。

そのようすを見《み》たその家《いえ》の主人《しゅじん》は、気《き》の毒《どく》に思《おも》って、つぼにはいった

あまい金平糖《こんぺいとう》をすすめました。

「これなら、わたしでも食《た》べられます」

年寄《としよ》りはよろこんで、つぼをひざの上《うえ》へ引《ひ》きあげ、つぼのせまい口《くち》に、

手《て》をつっこみました。

ところが、手首《てくび》のところでつまってしまって、ぬけなくなってしまいました。

これはたいへんというわけで、となりの人《ひと》がつぼをもって、うんうんと引《ひ》っぱりますが、やはりだめです。

そのうちに、

「手《て》がぬけない。

いたい、いたい！」

と、年寄《としよ》りが泣《な》きだします。

さらに、

「医者《いしゃ》をよべ」

と、さけぶ人《ひと》がでてくるし……。その場《ば》は、おおさわぎになりました。

やがて、ある男《おとこ》が、前《まえ》へすすみでていいました。

「この家《いえ》のご主人《しゅじん》にもうしあげます。このつぼが、いかに高価《こうか》なものでありましても、このご老人《ろうじん》の手《て》にはかえられません。どうかおゆるしあれ」

そういったかと思《おも》うと、もっていたキセルで、つぼを、はっしと打《う》ちすえました。

つぼは、こなごなに割《わ》れて、中《なか》にはいっていた金平糖《こんぺいとう》が、座敷《ざしき》じゅうにとびちりました。

「お年寄《としよ》り、たすかってよかったのう」

と、みんなが年寄《としよ》りの手《て》を見《み》れば、たしかにこれでは、ぬけないはず。

年寄《としよ》りは、金平糖《こんぺいとう》を手《て》にいっぱい、にぎりしめたままだったのです。

むかし、お金《かね》持《も》ちは、神社《じんじゃ》に願《ねが》いごとをして、
うまくかなうと、お礼《れい》に鳥居《とりい》をたてました。
では、お金《かね》がなく貧乏《びんぼう》な人《ひと》たちは
どうしたかといいますと、ちゃっかり、
こんなことも……。

登場人物《とうじょうじんぶつ》

弥平《やへい》

弥平《やへい》の女房《にょうぼう》

用語解説《ようごかいせつ》

鳥居《とりい》　神社《じんじゃ》の入《い》り口《ぐち》にたてる門《もん》。

銅《あかがね》　銅《どう》のこと。

産《う》むなら、いまのうち

（『続々鳩翁道話《ぞくぞくきゅうおうどうわ》』より）

あるところに、その日《ひ》ぐらしの、貧乏《びんぼう》な弥平夫婦《やへいふうふ》が住《す》んでいました。

ある日《ひ》のこと。おなかの赤《あか》ちゃんが、きゅうに生《う》まれそうになり、この家《いえ》の女房《にょうぼう》が苦《くる》しみだしました。

しかし、夫婦《ふうふ》にはお金《かね》がないので、医者《いしゃ》をよぶこともできません。

しかも、運《うん》の悪《わる》いことに難産《なんざん》のようで、赤《あか》ん坊《ぼう》は、すんなりとは生《う》まれてくれないのでした。

女房《にょうぼう》は、汗《あせ》をかいて、ウンウンうなるばかりです。

夫《おっと》の弥平《やへい》は、女房《にょうぼう》の手《て》をにぎって、はげまし、おかなをなでたり、さすってやったり、手《て》ぬぐいで汗《あせ》をふいてやったりと、思《おも》いつくかぎりの世話《せわ》をしてやりました。

しかし、女房《にょうぼう》の苦《くる》しみは、いっこうにおさまりません。

こうなると、あとは神仏《しんぶつ》だけがたよりです。まさに、「苦《くる》しいときの神《かみ》だのみ」というやつです。

弥平《やへい》は、部屋《へや》から庭先《にわさき》へとびだすと、井戸《いど》ばたまで走《はし》っていき、水《みず》をくむと、着物《きもの》をきたまま、それを二《に》、三《さん》ばい、バシャっと頭《あたま》からかぶりました。

そして、ぬれねずみの弥平《やへい》は、天《てん》をあおぐと、大《おお》きな声《こえ》で祈《いの》ったのです。

「金比羅大権現《こんぴらだいごんげん》さま！　わたしでございます。日《ひ》ごろから、ご信心《しんじん》もうしあげている弥平《やへい》でございます。

じつはごらんのとおり、うちの女房《にょうぼう》がお産《さん》で、あのように苦《くる》しんでおります。このままでは、女房《にょうぼう》もおなかの子《こ》も、いのちを落《お》としてしまいます。ウチは貧《まず》しくて、ほかにはなにもありません。家族《かぞく》だけが心《こころ》のささえです。まんいち、お産《さん》がうまくいかず、女房《にょうぼう》や子《こ》どもがこのまま死《し》んでしまったら、わたしだって生《い》きてはいません。ええ、そうです。たったひとりこの世《よ》に生《い》きのこったところで、なんになりましょう。さびしいだけですから。

どうぞ、苦《くる》しむ母《はは》と子《こ》を、おたすけください。

もしも、ご利益《りやく》をもちまして、女房《にょうぼう》がぶじにお産《さん》をすませることができましたら、そのときは、お礼《れい》に『銅《あかがね》の鳥居《とりい》』をたてさせていただきますので……。なにとぞ、わたしの願《ねが》いを、おききとどけください！」

すると、弥平《やへい》のことばをきいた女房《にょうぼう》は、苦《くる》しい息《いき》の下《した》でいいました。

「これこれ、おまえさん、なにをいうのです。

金毘羅《こんぴら》さまのご利益《りやく》をさずかって、赤《あか》ん坊《ぼう》がぶじに生《う》まれたら、そのあと、どうするつもりなんですか？

その日《ひ》の食《た》べものを買《か》うお金《かね》もないわたしたちが、『銅《あかがね》の鳥居《とりい》』をたてるだなんて……。そのお金《かね》は、いったい、どうやって手《て》にいれるつもりなの？」

すると、弥平《やへい》は、女房《にょうぼう》のことばをさえぎるようにいいました。

「しっ！　よこから、ごちゃごちゃと、よけいなことをいわなくていいんだ。お金《かね》が用意《ようい》できないことくらい、はじめからわかってるさ。とにかく、おれがこうやって、むこうさんをうまくだましているすきに、おまえはさっさと、赤《あか》ん坊《ぼう》を産《う》んじまえ」

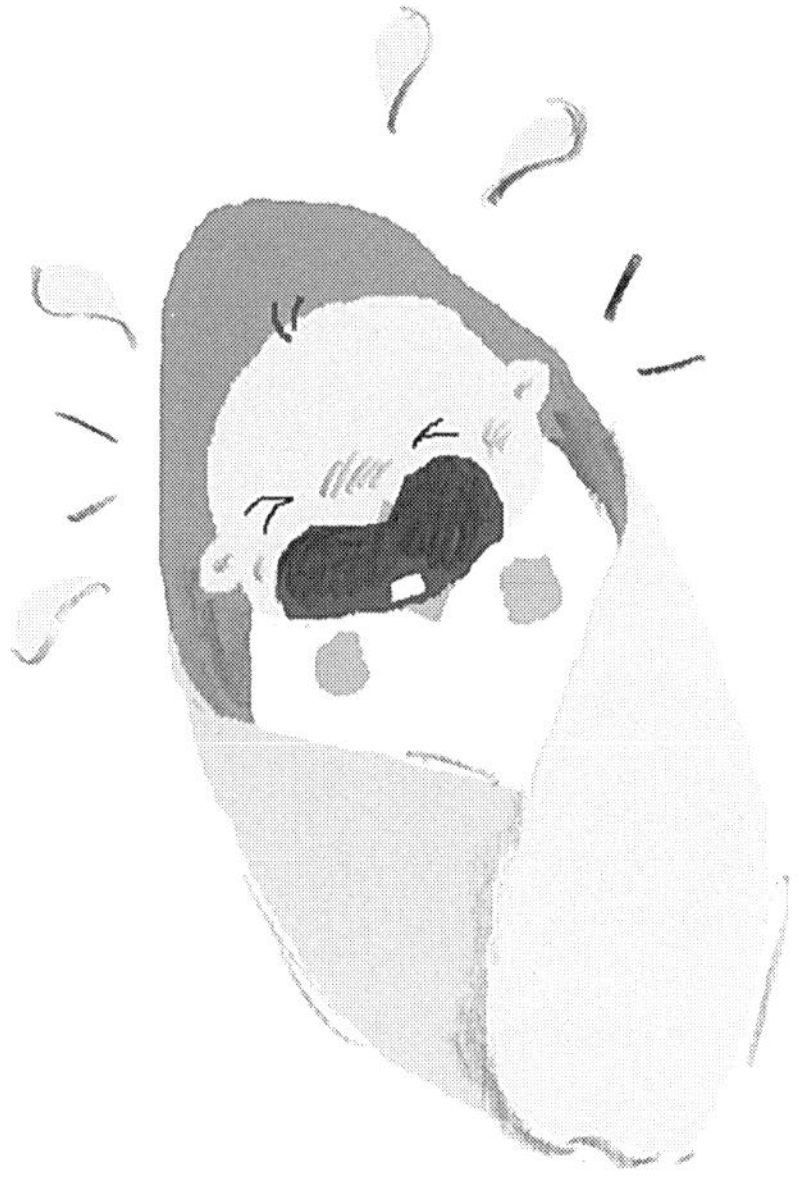

「そのとおり　だからよけいに　はらがたち」

相手《あいて》のいうことが正《ただ》しいと、なぜか素直《すなお》になれず、
いいかえしたり、つっかかったり……。

ましてや、夫婦《ふうふ》ともなると、じつに複雑《ふくざつ》。

むかしもいまも、夫婦《ふうふ》とは、ふしぎなものです。

登場人物　とうじょうじんぶつ

奥《おく》さま

旦那《だんな》さま

娘《むすめ》

男《おとこ》

用語解説　ようごかいせつ

鉢《はち》　皿《さら》より深《ふか》い食器《しょっき》。
わらじ　ワラで編《あ》んだ、はきもの。

その半分《はんぶん》

（『続々鳩翁道話《ぞくぞくきゅうおうどうわ》』より）

ある夫婦《ふうふ》の屋敷《やしき》に、若《わか》くて、なかなかかわいらしい娘《むすめ》が、はたらいていました。

ある日《ひ》、この娘《むすめ》が、台所《だいどころ》で洗《あら》いものをしていたときのこと。娘《むすめ》は、うっかり手《て》をすべらせて、鉢《はち》をひとつ、落《お》として割《わ》ってしまいました。運《うん》の悪《わる》いことにその鉢《はち》は、ほかのものとはちがって、高価《こうか》で、しかも、奥《おく》さまのお気《き》に入《い》りだったのです。

いっしょにはたらく、いじわるななかまが、このことを告《つ》げ口《ぐち》したので、奥《おく》さまは、すぐに台所《だいどころ》までとんできて、さっそく娘《むすめ》をしかりはじめました。

「まあ、なんということをしてくれたんだい！

おまえは知《し》らないかもしれないけれど、その鉢《はち》はねえ、おまえの給金《きゅうきん》を二《に》、三年分《さんねんぶん》、ぜんぶつぎこんだって買《か》えないくらい、高価《こうか》な物《もの》なんだよ。なのに、『すいません。手《て》がすべりました』だなんて、そんなお気楽《きらく》なことで、ゆるされると思《おも》ってるのかい？

そういえば、おまえはこのあいだも、湯呑《ゆの》みを床《ゆか》に落《お》として割《わ》っていたじゃないの。湯呑《ゆの》みに、鉢《はち》に……。つぎつぎだいじな物《もの》をこわされては、たまったものじゃないわ。

それに……、そうそう、おまえが割《わ》った鉢《はち》は、値段《ねだん》が高《たか》いというだけじゃないんだよ。あたしのお気《き》に入《い》りだったんだから。おまえ、まさか、そうだと知《し》ったうえで、あたしへのいやがらせのために、鉢《はち》をわざと割《わ》ったんじゃないだろうね？」

こんな調子《ちょうし》で、ながながと娘《むすめ》をののしるものですから、娘《むすめ》は消《き》え入《い》りそうに小《ちい》さくなって、ふるえていました。

このさわぎをききつけ、こんどは旦那《だんな》さまがやってきて、あきれ顔《がお》で奥《おく》さまにいいます。

「これこれ、おまえ、なにごとだね。そんな大《おお》きな声《こえ》をだして……。ご近所《きんじょ》にきこえると、うちの恥《はじ》になるから、もうおやめなさい。

この子《こ》だって反省《はんせい》して、なんどもあやまっているじゃないか。もう、そこらでゆるしてやったらどうだい？　それにだなあ、おまえは、ものごとをおおげさにいいすぎだぞ。なんのことであれ、しずかに、やさしく、ひかえめに話《はなし》をするのが、いい女《おんな》のたしなみというものだ」

さらに、旦那《だんな》さまの話《はなし》はつづきます。

「そうだ、ちょうどよい機会《きかい》だから、このあいだ、都《みやこ》からの帰《かえ》り道《みち》に泊《と》まった、宿屋《やどや》の話《はなし》をしてやろう」

旦那《だんな》さまは、思《おも》い出話《でばなし》をはじめました。

「あの日《ひ》、朝《あさ》はやく出発《しゅっぱつ》するというので、わたしは、わらじをはきながら、窓《まど》の外《そと》の富士山《ふじさん》を見《み》て、宿屋《やどや》の姉《ねえ》さんにいったんだ。

『富士《ふじ》というのは、うわさどおり、大《おお》きな山《やま》だねえ。すごいもんだ』

すると、これをきいた姉《ねえ》さんは、なんといったと思《おも》うね？

『いえいえ、お客《きゃく》さま。あのように大《おお》きく見《み》えましても、半分《はんぶん》は雪《ゆき》でございますから、たいしたことはございませんですよ』だとさ。

女《おんな》たるもの、なにごとも、このようにやわらかく、やさしくいいあらわしたいものだ。おまえも、すこしは見習《みなら》うがよい」

すると、いわれた奥《おく》さまは、むくれてしまいました。

「そんなことくらい、わたしにだっていえますよ」

そこへ、たまたま知《し》りあいの人《ひと》がやってきて、旦那《だんな》さまにあいさつをしました。

「いやあ、旦那《だんな》さま、都《みやこ》からぶじにもどられたそうで……。おお、こうしてお目《め》にかかりますと、お元気《げんき》そうで。旅《たび》にでられる前《まえ》よりも、すこし太《ふと》られたくらいですね」

すると、奥《おく》さまが、よこから口《くち》をはさみました。

「いえいえ。うちの主人《しゅじん》は、このように太《ふと》っているように見《み》えましても、どうせ半分《はんぶん》は、アカでございますから、たいしたことはございません」

「一本《いっぽん》、二本《にほん》の矢《や》は折《お》れるが、三本《さんぼん》たばねると折《お》れない」

といいます。

つぎに登場《とうじょう》する三人《さんにん》の場合《ばあい》が、まさにそれです。

知恵《ちえ》と力《ちから》をだしあい、おもいがけないことをした

三人《さんにん》の生《い》きざま（死《し》にざま）に、拍手《はくしゅ》！

登場人物《とうじょうじんぶつ》

山伏《やまぶし》　芸人《げいにん》　歯医者《はいしゃ》

鬼《おに》たち

用語解説《ようごかいせつ》

山伏《やまぶし》　山野《さんや》で修行《しゅぎょう》する僧《そう》のこと。

曲芸《きょくげい》　綱渡《つなわた》りや、皿回《さらまわ》しなどの芸《げい》のこと。

印《いん》　まじないなどをするときに、手《て》の指《ゆび》でつくる形《かたち》。

地獄《じごく》をさわがせた三人組《さんにんぐみ》

（『世間咄風聞集《せけんばなしふうぶんしゅう》』より）

あるとき、いったんは死《し》んだはずの山伏《やまぶし》が生《い》きかえって、地獄《じごく》で見聞《みき》きしたできごとを話《はな》してくれました。

死《し》んだおれが、暗《くら》い道《みち》をとぼとぼ歩《ある》いていると、ほかに何人《なんにん》もの男《おとこ》が、おなじ方向《ほうこう》へむかっていたんだ。

そこで、おれは、ひとりの男《おとこ》に話《はな》しかけたんだ。

「おまえさんは、なんで地獄行《じごくゆ》きになったんだい？」

するとそいつがいうんだ。

「おれは芸人《げいにん》で、生《い》きているときには、刃渡《はわた》りや、いろいろな曲芸《きょくげい》を客《きゃく》に見《み》せて、金《かね》をかせいでいたんだ。それが、見《み》る者《もの》をひやひやさせて寿《じゅ》命《みょう》をちぢめたから、罪《つみ》になるんだとさ。ああ、やりきれない」

だから、おれは、そいつをさそったんだ。

「『旅《たび》はみちづれ』というじゃないか。どうせなら、いっしょにいこうぜ」

それから、ふたりでつれだって歩《ある》いていると、またべつの男《おとこ》がいた。

「わしは歯医者《はいしゃ》なんだが、歯《は》をけずったり、ぬいたりして、おおぜいの人《ひと》たちに痛《いた》い思《おも》いをさせたという理由《りゆう》で、地獄行《じごくゆ》きさ。だって、しかたがないじゃないか、それが仕事《しごと》だったんだから……」

その男《おとこ》もくわえて、これで、なかまは三人《さんにん》になった。

そうこうするうちに、おれたちは、とうとう地獄《じごく》へついた。

地獄《じごく》では、エンマ大王《だいおう》や、おおぜいの鬼《おに》たちが、舌《した》なめずりをしながらまちかまえていた。

「よぉし、まちにまった罪人《ざいにん》たちだ。やっときたぞ！」

そこで、おれたちは、さっそく釜《かま》ゆでの刑《けい》さ。

熱湯《ねっとう》のはいった大《おお》きな大《おお》きな釜《かま》の前《まえ》へ、ひきずりだされた。

ところが、おれは山伏《やまぶし》だろ？　生《い》きていたときによくやっていたように、『水《みず》の印《いん》』というのを結《むす》んで、呪文《じゅもん》をとなえたよ。

すると、どうだい。ぐらぐら煮《に》えたっていた熱湯《ねっとう》は、ちょうどよいかげんのお湯《ゆ》にはやがわりさ。

おれたち三人《さんにん》は、

「あー、行水《ぎょうずい》なんて、ひさしぶりだー」

と、よろこんで、湯《ゆ》にはいって、からだの汗《あせ》とアカを洗《あら》いながしたよ。

あわてた鬼《おに》たちは、こんどはおそろしい剣《つるぎ》の山《やま》へ、おれたちを追《お》いたてやがった。

「ばちあたりなやつらめ。つぎこそ思《おも》いしらせてやる！」
おつぎは、芸人《げいにん》の出番《でばん》さ。なにせ生《い》きているときには、刃渡《はわた》りの芸《げい》をとくいにしていたやつだぜ。剣《つるぎ》の山《やま》くらい、へっちゃら、へっちゃら。
刃渡《はわた》りの術《じゅつ》をつかってくれたので、ぶじに山《やま》を登《のぼ》れたんだ。
すると、鬼《おに》たちはくやしがって、
おれたちに、おそいかかってきた。
「こうなったら、
食《く》い殺《ころ》してやるわい！」
すると、歯医者《はいしゃ》の先生《せんせい》が、
ふところから道具《どうぐ》をだして、
「ここは、おまかせあれ」

というがはやいか、あざやかな手《て》ぎわで、鬼《おに》たちの牙《きば》をスポンスポンと、ぬいてしまったんだよ。
鬼《おに》たちはおおよわりで、エンマ大王《だいおう》に泣《な》きついた。すると、エンマ大王《だいおう》は、おれたちを大《おお》きな穴《あな》の中《なか》へ、ぽーんとほうりこんだ。
「こんなやっかい者《もの》は、地獄《じごく》にはいらない！」
……で、ふと気《き》がつくと、こうやって生《い》きかえっていたというわけさ。

あまりに専門的《せんもんてき》な仕事《しごと》をしていると、世間《せけん》の常識《じょうしき》から

かけはなれてしまうことがあるようです。

侍《さむらい》というと、剣術《けんじゅつ》にはすぐれていても、

日常《にちじょう》のありふれたことを、ちっとも

知《し》らなかったりします。

登場人物《とうじょうじんぶつ》

殿《との》さま

家来《けらい》

用語解説《ようごかいせつ》

清水《しみず》　地面《じめん》などからわきでる、

きれいな水《みず》。

サケを洗《あら》うと……

（『世間咄風聞集《せけんばなしふうぶんしゅう》』より）

ある殿《との》さまが、日《ひ》ごろ、なにかとお世話《せわ》になっている知《し》りあいの殿《との》さまに、お礼《れい》をしようと考《かんが》えました。そこで、サケを贈《おく》ろうと思《おも》いたちました。

もちろん、贈《おく》り物《もの》にするのですから、サケならなんでもよいというわけにはいきません。まず、屋敷《やしき》にでいりする魚屋《さかなや》にめいじて、新《あたら》しくて、大《おお》きくて、りっぱなサケをもってこさせました。

さらに、念《ねん》には念《ねん》をいれて、むこうへ届《とど》ける前《まえ》に、屋敷《やしき》のうらを流《なが》れる小川《おがわ》の清水《しみず》で、サケをきれいに洗《あら》うように家来《けらい》にめいじました。

しかし、家来《けらい》は、ひどくとまどいました。

侍《さむらい》ですから、馬《うま》に乗《の》ったり、刀《かたな》をふりまわしたりするのはお手《て》のものですが、なまの魚《さかな》をあつかうことは、なれていません。

サケは、ぬるぬるしてもちにくいし、なまぐささで、鼻《はな》がまがりそうでした。しかし、殿《との》さまの命令《めいれい》なので、ことわるわけにはいきません。

そこで侍《さむらい》が、おっかなびっくりサケをもちはこんでいますと、なかまの侍《さむらい》たちが、こちらのほうを指《ゆび》さして、クスクス笑《わら》います。

「ふん！」

家来《けらい》はむっとしながらも、小川《おがわ》の岸《きし》までいき、サケを洗《あら》いはじめました。

ただ、魚を洗《あら》うのははじめてのことで、そもそも力《ちから》のいれぐあいがよくわかりません。くわえて、なかまに笑《わら》われて腹《はら》をたてていたので、ついつい手《て》に力《ちから》がはいり、サケをゴシゴシと強《つよ》くこすってしまいました。

すると、なにかの拍子《ひょうし》に、サケの腹《はら》のあたりの皮《かわ》がやぶれてしまいました。

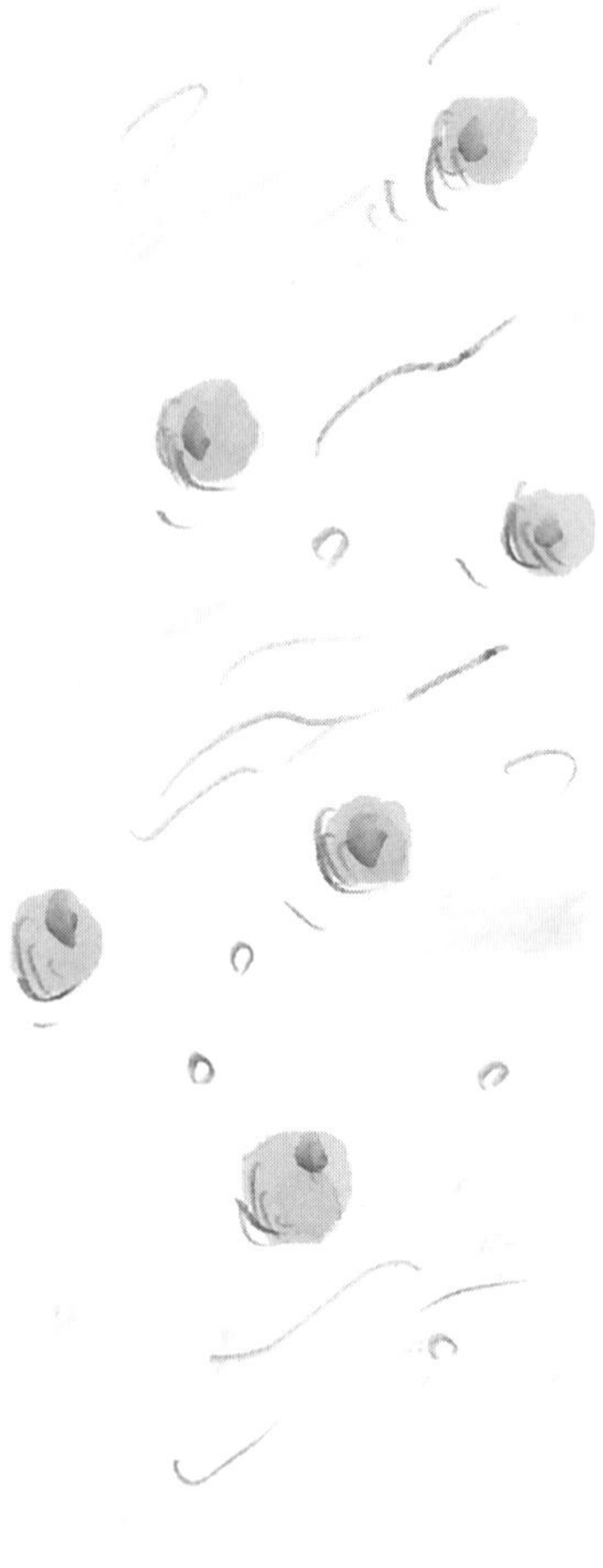

そして、中《なか》にぎっしりつまっていた、サケの小《ちい》さなたまごが、つぎつぎ川《かわ》の水《みず》の中《なか》へ流《なが》れでてしまったのです。赤《あか》や、だいだい色《いろ》のたくさんのたまごが、すんだ水《みず》の底《そこ》に、ぱっとひろがりました。

あるものは、底《そこ》の砂《すな》の上《うえ》をころころと転《ころ》がり、またあるものは、ふわりと浮《う》きあがったと思《おも》うと、そのまま下流《かりゅう》へ流《なが》れていきます。

家来《けらい》は、そのうちの四《し》、五個《ごこ》を指《ゆび》でそっとつまんで、てのひらにのせ、日《ひ》の光《ひかり》にすかしてみました。

「こうしてあらためてみると、サケのたまごというのは、美《うつく》しいのー」

侍《さむらい》は、うっとり。

すると、さっきまでのいらいらした気持《きも》ちは、いつのまにか消《き》えて、ほのぼのと心《こころ》がはれてきます。

それはそれでよかったのですが、たまごにばかり気《き》をとられているうちに、かんじんのサケは、ずんずん下流《かりゅう》へ流《なが》されていってしまいました。

やがて、主人《しゅじん》が、ふたたび家来《けらい》をよびつけていいました。

「さあさあ、そちが洗《あら》ったサケを、はやく先方《せんぽう》へ届《とど》けてこい」

「それが、殿《との》……。じつは、もはや届《とど》けることができないのでございます」

「できないとは、どういうことじゃ？　そちにわたした、あのサケはどうした？」
「あれは、川下《かわしも》へ流《なが》されてしまって、ここにはありません」
「なに？　流《なが》されたと？　サケもまんぞくに洗《あら》うこともできないのか、このおおばか者《もの》め！」
「殿《との》、まあ、そうおおこりにならなくとも、だいじょうぶにございます」

「なにがだいじょうぶなのじゃ？」

「もうしばらくいたしますと、流《なが》れていったサケは、ここへもどってくるでありましょうから……」

「流《なが》されたサケが、なぜわざわざもどってくる？」

「親《おや》たる者《もの》が、おさないわが子《こ》をみすてて、そのままますがたをくらますことなど、考《かんが》えられません。

まして、あれだけたくさんの子《こ》どもたちを、おきざりにするはずがございません。おそらく、まもなく、むかえにくるものと思《おも》われます」

お化粧《けしょう》をしている女《おんな》の人《ひと》を、見《み》たことがありますか？
あっというまに、すっかり別人《べつじん》のような顔《かお》になるので
おどろきます。
でも、あわてて、このお話《はなし》の女性《じょせい》のようになっては、
たいへんです。

登場人物 とうじょうじんぶつ

姫《ひめ》

男《おとこ》

用語解説 ようごかいせつ

白粉《おしろい》 化粧《けしょう》につかう白《しろ》い粉《こな》。
掃墨《はいずみ》 墨《すみ》をねったもの。

とんだお化《け》粧《しょう》

（『堤中納言物語《つつみちゅうなごんものがたり》』より）

ある姫《ひめ》が、昼間《ひるま》、じぶんの部屋《へや》でくつろいでいますと、つかいの者《もの》が走《はし》ってきました。そして、「お殿《との》さまが、たずねてこられましたよ」と、知《し》らせてくれました。

これをきいて、姫《ひめ》は、あせりました。

きょうは、ずっと家《いえ》にいて、だれにもあう予定《よてい》がなかったので、お化《け》粧《しょう》をまったくしていなかったのです。

姫《ひめ》は、お化粧道具《けしょうどうぐ》がはいった箱《はこ》を引《ひ》きよせて、中《なか》から白粉《おしろい》をとりだしました。

ところが、まちがえて、掃墨《はいずみ》を手《て》にしてしまっていたのです。

姫《ひめ》はあわてていたので、そのことに気《き》づきません。鏡《かがみ》もみずに、掃墨《はいずみ》を顔《かお》になすりつけると、つかいの者《もの》にめいじました。

「お化粧《けしょう》には、もうすこし時間《じかん》がかかるから、この部屋《へや》へおこしいただくのは、もうしばらくまってもらっておくれ」

ところが、男《おとこ》のほうは、そんなことにはかまわずに、ずんずんと、姫《ひめ》の部屋《へや》へあがりこんできました。

姫《ひめ》は、なにごともなかったようにおちついて、すこし気《き》どって目《め》をぱちくりしながら、腰《こし》をおろしていました。

男《おとこ》は、掃墨《はいずみ》でまだらになった姫《ひめ》の顔《かお》を見《み》るなり、おどろきました。

「これは、いったいどうしたことだ！」

とにかく気味《きみ》が悪《わる》いので、姫《ひめ》のそばへもよらず、

「なんだか、そちらのつごうが悪《わる》そうだから、またくることにしようか……」

といいのこすと、あわててたちさっていきました。

姫《ひめ》の両親《りょうしん》は、男《おとこ》がすぐに帰《かえ》ってしまったときいて、

「なんて冷《つめ》たい男《おとこ》だ。うちの娘《むすめ》がかわいそうじゃないか」

とあきれつつ、娘《むすめ》の部屋《へや》までやってきました。

そして、娘《むすめ》のかわりはてた、おそろしい顔《かお》を見《み》て、びっくりぎょうてんしたのでした。

姫《ひめ》は、ふしぎに思《おも》いました。

「みんな、なにをそんなに、おどろいているのかしら？」

そして、ふと鏡《かがみ》をのぞいてみました。

すると、どうでしょう。そこには、黒《くろ》いまだらの、みにくい顔《かお》がうつっているではありませんか。

「どうしてこんな顔《かお》に？　いったいなにが、おきたというの？」

姫《ひめ》は、鏡《かがみ》をほうりだして泣《な》きわめきました。

家来《けらい》たちもさわぎだしました。

「姫《ひめ》さまをにくむ、どこかの女《おんな》の呪《のろ》いにちがいない！」

などと、もっともらしいことをいいたてる者《もの》もいました。

原因《げんいん》をつきとめるために、陰陽師《おんみょうじ》をよぼうという者《もの》もいました。

ところが、涙《なみだ》がほおをつたったところは、もとの肌《はだ》の色《いろ》に……。

「もしや、これは……」

と思《おも》った乳母《うば》が、紙《かみ》をもんでぬぐうと、姫《ひめ》の顔《かお》は、すっかりもとの色《いろ》にもどりました。

箸《はし》を正《ただ》しくもって使《つか》うことができない
おとなや子《こ》どもが、増《ふ》えているそうです。
つぎに登場《とうじょう》する、お坊《ぼう》さんの良源《りょうげん》さんがきいたら、
きっと怒《おこ》りだすにちがいありません。
それにしても、良源《りょうげん》さんは、すごい人《ひと》です！

登場人物《とうじょうじんぶつ》

良源《りょうげん》

金持《かねも》ちの主人《しゅじん》

用語解説《ようごかいせつ》

ユズ　ミカンににた、香《かお》りのよい黄色《きいろ》い実《み》。

いり豆《まめ》を箸《はし》ではさむ名人《めいじん》

（『古事談《こじだん》』より）

良源《りょうげん》という坊《ぼう》さんは、近江《おうみ》の国《くに》（いまの滋賀県《しがけん》）の人《ひと》でした。

ある山《やま》の中《なか》に、寺《てら》をたてようと思《おも》いたったのですが、お金《かね》がたりないために工事《こうじ》がいっこうにすすまず、こまりはてていました。

そんな、ある日《ひ》のこと。

良源《りょうげん》は、ある金持《かねも》ちの家《いえ》で、そこの主人《しゅじん》と話《はなし》をしていました。

「せっかくですから、これでも食《た》べていってください」

主人《しゅじん》は、良源《りょうげん》の目《め》の前《まえ》で、大豆《だいず》を煎《い》ってくれたのです。

ところが、そのつぎに主人《しゅじん》がしたことに、良源《りょうげん》はとまどいました。主《しゅ》人《じん》は、煎《い》った大豆《だいず》に、ユズのしぼり汁《じる》でつくった酢《す》をかけはじめたのです。

良源《りょうげん》は、そんな食《た》べ方《かた》をしたことがなかったので、おどろきました。

「どうして、酢《す》をかけるのですか？」

主人《しゅじん》が、こたえます。

「これは、『酢《す》むつかり』といいましてね。こうすると、豆《まめ》の皮《かわ》にしわがよって、箸《はし》ではさみやすくなるんです」

「わざわざそんなことをしなくたって、大豆《だいず》くらい、箸《はし》でふつうにはさめるでしょう」

「煎《い》ったままだと、つるつるすべって、はさみにくいでしょ」

「いいえ。わたしだったら、たとえ遠《とお》くから投《な》げつけられた大豆《だいず》でも、箸《はし》でちゃんとはさんで食《た》べられますよ」

これには、主人《しゅじん》もあきれました。

「いくらなんでも、それはいいすぎでしょう。そんなこと、できるわけがない！」

ふたりの意見《いけん》は、どこまでいっても、くいちがったままでした。

そこで良源《りょうげん》がいうとおり、遠《とお》くから投《な》げつけられた大豆《だいず》を箸《はし》ではさむことができるか、ためしてみることになりました。

良源《りょうげん》はいいました。

「もしも、わたしのいうことがほんとうでしたら、れいの寺《てら》の工事《こうじ》、あなたがお金《かね》をだして、完成《かんせい》させてくださいますか」

主人《しゅじん》はいいました。

「ああ、そんなことは、おやすいごようですよ」

さあ、いよいよ勝負《しょうぶ》のはじまりです。

主人《しゅじん》は、すこし離《はな》れたところに座《すわ》った良源《りょうげん》めがけて、煎《い》った豆《まめ》をつぎつぎ投《な》げつけました。

すると、どうでしょう。

おどろいたことに良源《りょうげん》は、ことばどおり、それらの豆《まめ》を一度《いちど》も落《お》とすことなく、箸《はし》ではさんでうけとめたのでした。

見《み》ていた人《ひと》は、みんな、あっけにとられました。

意地《いじ》になった主人《しゅじん》は、さきほど汁《しる》をしぼったばかりで、まだぬれているユズの種《たね》まで投《な》げつけてきました。

これにはさすがの良源《りょうげん》も手《て》こずって、いったんは、はさみそこねました。

しかし、種《たね》が床《ゆか》の上《うえ》へ落《お》ちる前《まえ》に、さっと箸《はし》ではさんでとめました。

そのわざのみごとさには、みんながうなりました。

こうして、とうとう良源《りょうげん》が勝《か》ったのでした。

良源《りょうげん》に負《ま》けた主人《しゅじん》は、くやしいのをとおりこえて、心動《こころうご》かされました。

そして、約束《やくそく》どおり、おおぜいの人夫《にんぷ》を雇《やと》いいれ、わずかな期間《きかん》のうちに、良源《りょうげん》の長年《ながねん》の夢《ゆめ》であった寺《てら》を完成《かんせい》させたといいます。

＜出典解説＞

● **『鳩翁道話』（「天王山の二ひきのカエル」「鹿の音をきくはずが……」「びっくりしたサザエ」）**

柴田鳩翁による心学の道話（人の行うべき道を教え示す話）の口演を筆録したもの。心学とは、日常生活の中の道徳を説く町人哲学のこと。1835（天保 6）年 6 月に刊行。

● **『続鳩翁道話』（「鏡をめぐっておおさわぎ」「ぬけない手」）**

『鳩翁道話』が好評であったため、続編として 1836（天保 7）年 11 月に刊行。

● **『続々鳩翁道話』（「産むなら、いまのうち」「その半分」）**

『鳩翁道話』の続々編。1838（天保 9）年 1 月に刊行。

● **『世間咄風聞集』（「地獄をさわがせた三人組」「サケを洗うと……」）**

1694（元禄 7）年から 1703（元禄 16）年までの江戸の世間咄の聞き書き。書名は、東京大学文学部国文学研究室蔵の数種類の写本の整理名。公式文書にはあらわれない奇談や珍事を中心に記載。

● **『堤中納言物語』（「とんだお化粧」）**

10 篇と断章 1 篇からなる短篇物語集。編者・成立年ともに不詳だが、「逢坂越えぬ権中納言」の1篇のみ、1055（天喜 3）年の成立で、著者は小式部と判明している。

● **『古事談』（「いり豆を箸ではさむ名人」）**

源顕兼編の説話集。1212（建暦 2）年から 1215（建保 3）年頃の成立。神仏、宮中、民間などの約 460 話を幅広く採録している。

文・福井栄一（ふくい　えいいち）

上方文化評論家。大阪府吹田市出身。京都大学法学部卒業、京都大学大学院法学研究科修了。上方の芸能、歴史、文化、ことばなどに関する著作の出版、講演、テレビ・ラジオ出演などで活躍中。著書に、『子どもが喜ぶことわざのお話』（PHP 研究所）、『悟りの牛の見つけかた』（技報堂出版）、『おもしろ日本古典ばなし 115』（子どもの未来社）など多数。
http://www7a.biglobe.ne.jp/~getsuei99

絵・河野あさ子（こうの　あさこ）

岩手県生まれ。デザイン室勤務を経てフリーに。2003 年、キッズエキスプレス絵本コンテスト大賞受賞。おもな作品に、『トマトマムラのゆかいな仲間』『星の友だち』（主婦の友社）など。

ブックデザイン・宮部浩司

古典とあそぼう
おなかもよじれる　おもしろばなし

2009 年 2 月 28 日　第 1 刷発行
2013 年 8 月 23 日　第 2 刷発行

文　　　福井栄一
絵　　　河野あさ子
発行者　奥川　隆
発行所　子どもの未来社
〒 102-0071
東京都千代田区富士見 2-3-2　福山ビル 202
電話 03-3511-7433　FAX 03-3511-7434
E-mail　co-mirai@f8.dion.ne.jp
URL　http://www.ab.auone-net.jp/~co-mirai
振替 00150-1-553485
印刷・製本　藤原印刷株式会社

ISBN978-4-901330-88-6 C8091
定価はカバーに表示してあります。落丁・乱丁の際はお取り替えいたします。